¡Horton escucha a Quién!

Dr. Seuss

Traducido por Yanitzia Canetti

LECTORUM
PUBLICATIONS, INC.

¡HORTON ESCUCHA A QUIÉN!

978-1-930332-35-5

Printed in Mexico

Library of Congress Cataloging-in-Publication Data

Seuss, Dr.
  [Horton Hears a Who! Spanish]
  ¡Horton escucha a Quién! / Dr. Seuss ; traducido por Yanitzia Canetti
    p. cm.
  ISBN 1-930332-35-1
    I. Canetti, Yanitzia, 1967- II. Title.

PZ74.3.S43 2003
[E]—dc21
                                                          2002043391

Para mi gran amigo,
Mitsugi Nakamura
de Kyoto,
Japón.

A mediados de mayo, en la jungla sombría,
bajo el sol caluroso, en la laguna fría,
estaba chapoteando, feliz y divertido,
Horton, el elefante, cuando oyó un leve ruido.

Dejó de chapotear. Miró con estupor.

"¡Qué curioso!", pensó. "No hay nadie alrededor".

Lo escuchó nuevamente. No había la menor duda.

Una voz pequeñita clamaba por ayuda.

–Te ayudaré –dijo Horton–. ¿Quién eres? ¿Dónde estás?

Pero por más que buscó, no vio allí a nadie más

que a una mota de polvo que se desplazó fugaz.

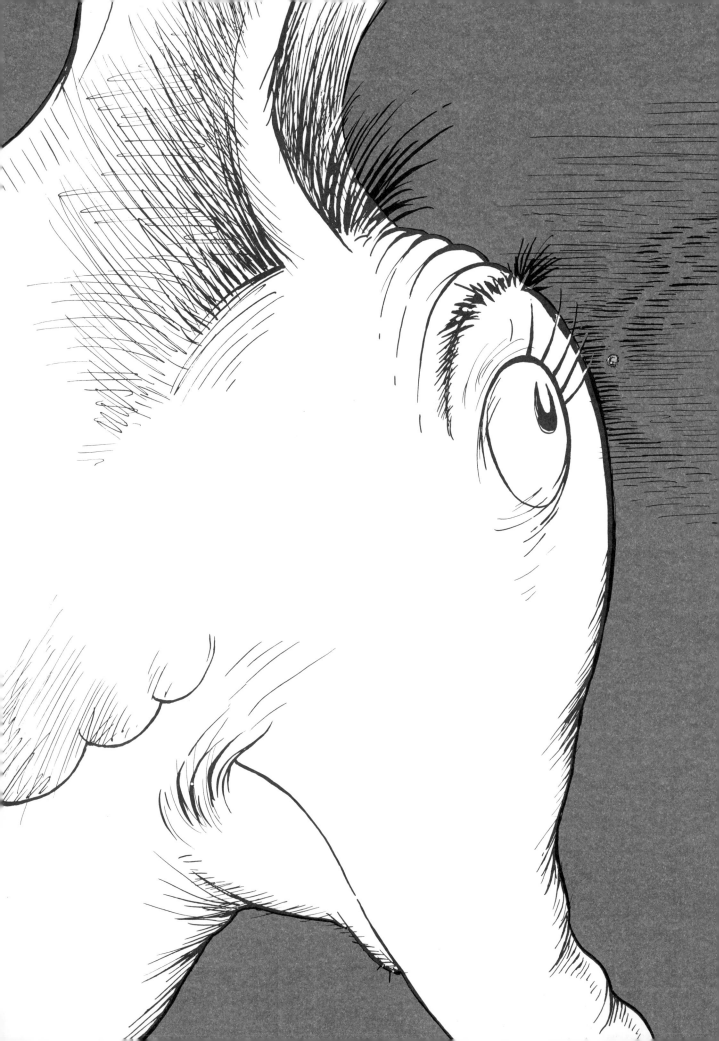

—Caray —dijo Horton—, resulta inaudito
que una mota de polvo pueda dar esos gritos.
Pues, ¿sabes qué creo?… Que alguien muy chiquito
está parado encima del pequeño polvito.
Alguna criatura diminuta ha de ser,
tan ínfima y minúscula, imposible de ver…

…volando sin rumbo y muy asustada,
con miedo a caerse a la laguna helada.
Tendré que salvarla pues aunque no se vea,
una persona es una persona, por muy pequeña que sea.

Y entonces, con extremo cuidado,
el enorme elefante su gran trompa estiró,
levantó aquel polvito y lo llevó a otro lado,
a un trébol muy suave, y allí lo colocó.

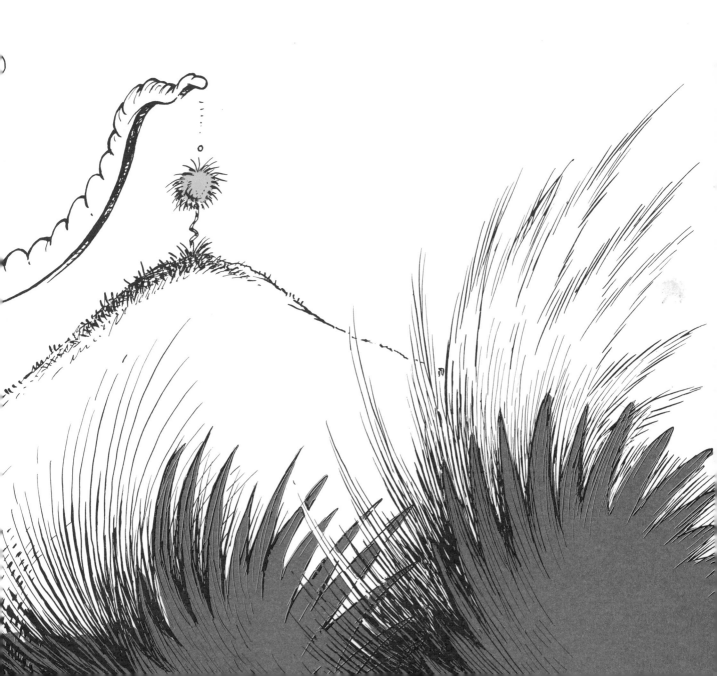

–¡*Buf!* –rezongó la voz de un canguro amargado.
Y ¡*buf!* dijo el cangurito que llevaba cargado–.
Vaya, un polvito tan chico cual cabeza de alfiler.
¿Que hay una persona *ahí*?… ¡Y quién te lo va a creer!

–Créeme –dijo Horton–. Te digo sinceramente,
que tengo el oído fino y lo escuché claramente.
Sé que hay alguien *ahí*. Quizás, incluso, haya más,
tal vez dos, tal vez tres, incluso cuatro, quizás…

…una familia completa, ¡y bien que podría ser!
una familia con niños que comienzan a crecer.
Así que yo te pido que no los molestes más.
Te lo pido de favor: ¡déjalos vivir en paz!

—¡Pero qué tonto eres! —rió el canguro amargado.

—¡Muy tonto! —dijo el cangurito que llevaba cargado—.

En la Jungla de Nool, no hay un tonto mayor.

Y los canguros saltaron al agua sin temor.

—¡Cuidado! —dijo Horton—. ¡Nos van a salpicar!

Mis pequeños amigos se podrían ahogar.

"Tendré que protegerlos", el elefante pensó.

Arrancó aquel trébol y de allí se alejó.

De árbol en árbol, se extendió la noticia:
"¡Él habla con un polvo! ¡Creo que se desquicia!
Lleva un punto en un trébol. ¡Miren qué alucinado!"
Y Horton, preocupado, iba de lado a lado.
"¿Los pongo en el suelo?", pensó. "¡Vaya dilema!"
Si lo hago, estas personitas tendrán serios problemas.
No lo haré, se harían daño, y aunque nadie las vea,
una persona es una persona, por muy pequeña que sea.

De pronto Horton se detuvo en el camino.
De aquel polvo salía un sonido muy fino.
La voz era tan débil que parecía una queja.
—Habla alto —dijo Horton, acercando la oreja.

La voz prosiguió: —Eres muy buen amigo.
Pusiste a los nuestros a salvo contigo.
Nuestras casas, y techos, y pisos has salvado,
y también las iglesias y los supermercados.

Dice Horton: —¿Acaso hay *edificios* ahí?

Y la voz le responde: —Por supuesto que sí…
Ya sé que tan sólo tú ves un puntito,
pero soy el alcalde de un pueblo bonito.
Nuestros edificios, para ti, serán muy pequeños
pero resultan muy altos para nosotros, sus dueños.
Mi pueblo es Villa–*Quién*, y yo soy un *Quién*
y aquí todos los *Quiénes* te agradecen también.

Y al alcalde del pueblo, Horton le quiso expresar:
—Están a salvo conmigo. No los pienso abandonar.

Pero mientras el elefante le hablaba al alcalde,
¡tres monos salvajes llegaron con gran alarde!
Eran los Malvadines que gritaban: "¡Qué despiste!
¡Este elefante le habla a un *Quién* que no existe!
No hay *Quiénes* ninguno, ni alcalde, ¡qué tonto!
¡Es un gran disparate! ¡Acabémoslo pronto!"

¡Le arrebatan el trébol! Se lo pasan entero
a un águila negruzca llamada Malagüero.
Es un águila fuerte, veloz y poderosa.
Y le dicen: —¿Podría llevarse usted esta cosa?
Antes de que el pobre Horton pudiera hablar,
el águila agarra la flor y echa a volar.

Toda la tarde y la noche sombría,
el águila negruzca sus alas batía.
Y detrás iba Horton, entre rocas y matas,
zarandeando los huesos, hiriéndose las patas.
—No hagas daño a mis chicos —decía—, te lo imploro.
¡Ellos tienen derecho a vivir con decoro!

Pero ya estaba lejos el pájaro atrevido
y hacia atrás le gritaba: —¡Deja ya tus chillidos!
Volaré noche y día. Jamás me alcanzarás.
¡Y pondré esta motita donde no la hallarás!

A la mañana siguiente, así mismo lo hizo.
La escondió en un lugar, ¡qué lugar!, el que quiso.
Soltó aquel trebolito, sin explicar razones,
en un campo de tréboles, ¡donde había millones!
—¡Encuéntralo! —dijo—, si crees que eres capaz.
Se fue agitando la cola
y dejó a Horton atrás.

Pero Horton gritó: —Aunque me cueste la vida
hallaré a mis amigos en la flor escondida.
Y trébol a trébol, cuidadosamente,
iba preguntando: —¿Aquí vive gente?
Y trébol a trébol, pudo comprobar,
que el que tanto buscaba no estaba en el lugar.
Al mediodía, Horton, ya casi sin aliento
había amontonado nueve mil setecientos.

Y hora tras hora, en la tarde buscó
tres millones de flores… ¡y al final la encontró!
—¡Amigos! —gritó—. Quisiera saber algo:
¿Están bien? ¿Están bien? ¿Están todos a salvo?

Desde el fondo del polvo se escuchó así una voz:

El alcalde decía: –¡Qué pájaro feroz!

Al dejarnos caer, ¡qué porrazo nos dio!

El espantoso golpe, los relojes paró.

Se rompieron las tazas. Los muebles estallaron.

Y hasta las bicicletas con el choque se pincharon.

Horton, amigo, te suplico de algún modo:

¿Te quedas con los *Quiénes*, mientras reparamos todo?

–Por supuesto –dijo Horton–. Claro que me quedaré.

¡En las buenas y en las malas con ustedes estaré!

—¡Buf!

—rezongó una voz—.

Por casi dos días has corrido e insistido

en hablar con personas que nunca han existido.

¡Deja de gritar! ¡Basta de algarabía!

¡Hemos de librarnos de tu enorme tontería!

Y desde aquí yo declaro —gritó el canguro amargado—,

que tu juego sin sentido desde ahora ha terminado.

—¡Yo también! —dijo el cangurito que llevaba cargado.

—Con los hermanos Malvadines vinimos,
sus tíos Malvadines y todos sus primos,
y los cuñados Malvadines, que he contratado,
para atarte y dejarte bien enjaulado.
Y en cuanto a ese polvo… ja, verá qué se siente
¡al hervir en un caldero de sopa caliente!

        —¿Hervirlo? —dijo Horton—.
        ¡Oh, no pueden dañarlo!
        ¡Está lleno de gente!
        ¡Y *ellos* pueden probarlo!

—¡Señor alcalde! —llamó Horton—. Por lo que más quiera,
¡tiene que probar que existen de veras!
Que todo el pueblo a la calle se precipite.
Que cada *Quién* clame; que cada *Quién* grite.
Que cada *Quién* chille. Si no lo hacen urgente,
cada *Quién* terminará en una sopa caliente.

Desde el fondo del polvito, el alcalde se asustó
y en la plaza mayor, a los *Quiénes* congregó.
Y su gente clamaba, y gritaba con temor:

—¡Aquí estamos, aquí estamos, aquí estamos, señor!

Sonrió el elefante: –¡Se escuchó perfectamente!

Y ustedes, sin duda, lo oyeron claramente.

–No oí más que la brisa –dijo el canguro amargado–.

Y un soplo de viento en el bosque callado.

Tú no oíste esas voces. Yo no las oí ni un poco.

Y el cangurito en la bolsa le dijo: –¡Yo tampoco!

–¡Arréstenlo! –gritaron–. ¡Y métanlo en la celda!
¡Y amarren su barriga con kilómetros de cuerda!
Para que no se escape, aprieten bien el nudo.
Echen luego al caldero a ese polvito mudo.

En su lucha, con valor, Horton hizo un gran papel.

Pero esos Malvadines eran muchos contra él.

Lo ataron y aporrearon, lo empujaron sin piedad

adentro de la jaula, pero él logró gritar:

—¡No se rindan! Yo confío en ustedes aunque nadie les crea.

¡Una persona es una persona por muy pequeña que sea!

Y ustedes, personitas, no tienen que morir.

¡Levanten ya sus voces y háganse oír!

El alcalde agarró un tambor. Y enseguida lo golpeó.

Y en toda Villa-*Quién*, el escándalo se armó.

Golpearon cacerolas. Chocaron tapas de olla.

Y latones de basura y ¡hasta latas de cebolla!

Y resoplaron sus trompas y soplaron sus trompetas.

¡Y también sus clarinetes, sus flautas y sus cornetas!

Una ráfaga de ruido por el aire retumbó.

El estruendo fue tan grande que el cielo se estremeció.

Y mientras esto ocurría, el alcalde confirmó:

–¡No me negarás, amigo, que esta vez sí se escuchó!

Y Horton le respondió: —Yo te escucho divino.
Pero el oído del canguro no parece ser tan fino.
¡No oye nada en lo absoluto! ¿Estás seguro de que todos
están dando lo mejor? ¿Hacen ruido de algún modo?
¿Seguro de que en Villa-*Quién* TODOS se están esforzando?
Mira bien por todo el pueblo. ¿Quién está holgazaneando?

El alcalde corrió despavorido
viendo si todos hacían su ruido.
Cada *Quién* chillaba y alborotaba.
Cada *Quién* gritaba y vociferaba.
TENÍA que haber alguien más que pudiera ayudar.
Recorrió cada edificio. ¡Y fue lugar por lugar!

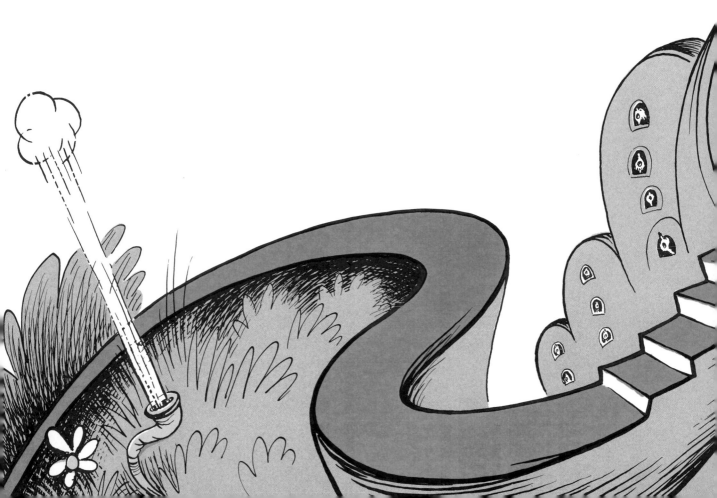

Y cuando creía que ya nada lograba,
y toda esperanza así se le esfumaba,
el alcalde de aquella pequeña mota
entró en el apartamento 12-J
y a un pillín silencioso encontró,
un pillín chiquitito llamado Jojó.
Estaba allí parado, ¡jugando al yoyó!
¡No hacía ni un sonido! ¡Ni un gorjeo! ¡Ni un ruidito!
Y el alcalde entró corriendo y agarró al jovencito.

A la Torre Eiffelberg, con el joven subió.

—¡Es la hora decisiva! —el alcalde exclamó—.
Si hay sangre en tus venas, demuestra tu valor.
Por su patria, los *Quiénes* se han unido al clamor.
Queremos más ruido, ¡y ahora te toca!
¡Únete a tu gente! ¡No cierres la boca!

Así habló el alcalde subiendo hasta allí.
Y arriba en la punta, el joven gritó: —¡Síiii!

Y aquel *sí*,

¡aquel pequeño *sí* lo logró!

¡Por fin! De la motita del trébol se escuchó

un gran coro de voces con perfecta claridad.

Y Horton sonrió: —¿Ya ven que era verdad?

Aunque son pequeñitos, tienen inteligencia.

Y fue el más chiquito quien marcó la diferencia.

—¡Sí! —dijo el canguro—. Tienes toda la razón.

Te prometo que a partir de ahora

voy a protegerlos bien.

Y el cangurito en la bolsa exclamó:

–…¡YO, TAMBIÉN!

Contra el sol y la lluvia, y aunque no me lo crean,

voy a protegerlos por muy pequeños que sean.